愛一輪

宮田滋子 詩集
阿見みどり 絵

はじめに

10代のころ国語の授業で島崎藤村の『若菜集』を習ったときから、わたしは詩のとりこになってしまいました。特に〃まだあげ初《そ》めし前髪の〃ではじまる「初恋」の初々《ういうい》しい抒情《じょじょう》と美しい韻律《いんりつ》にうっとりして、ノートに書き写したり、真似ながら詩作を試みたりした遠い日をなつかしく思い出します。

詩が好きになったり、書きたくなったりする時期。ちょうどその真っただ中にいる中学生、高校生の皆さんに読んでもらえたら……との願いを込めて、この詩集を編みました。

再びめぐって来ない若い日々を心豊かに。そして詩の花、愛の花を咲かせてください、あなたも。

宮田　滋子

Ⅰ　装い

Ⅱ　風車小屋の丘で

Ⅲ　愛一輪

Ⅳ　ガラスの風鈴

Ⅰ 装い

装い

さくらの低い枝に　そっと
耳を寄せると
聞こえます　聞こえます
ふくらんだつぼみが　咲く日を胸に
ひたすら化粧する音が

あの　あでやかな頬紅《ほおべに》を
うっすら　品よく刷《は》くために
いまごろ苦心しているのでしょうか

かつて　わたしの晴れの日も
美容師さんが
顔と鏡を交互に見つめ
真剣に刷毛《はけ》や筆を動かしていたけれど……

「そろそろ　仕上げにしては？」
にこやかに　日差しとそよ風が　まといつく
待ちわびる人々の思い
託《ことづ》けるように

花束

帰り道
においあらせいとうは
ずっしりと腕にこたえて
まるで　みどり児《ご》

さっきまで　ホールで
泉さながら満ち溢《あふ》れる音楽を
子守歌のように聴いていたっけ

今　快い夢から覚めた思いを
甘い香りに託《たく》して　伝えてくる

気さくな風が
セロファンのおくるみをのぞき込み
しきりにあやせば
わたしの心も　つい
ほころんでしまう
若い若い　母親のように

※みどり児（三歳ぐらいまでの乳幼児）

七夕

配膳されたお皿に
めずらしく　鮎の姿焼き
筆生姜と　笹の葉一枚
朝顔の絵の小さな短冊《たんざく》が添えられて
——早く　よくなりますように——
調理師さんの美しい文字が
病床にも
星まつりの雰囲気をかもしてくれる

玄関に入らないほどの竹に
家族が大わらわで飾りつけした遠い日
いろ紙のにおい　糊《のり》のにおい
朝露ですった墨のにおい
そして吊《つる》した星への願い……

何を書いたのか　叶《かな》ったのか
いままでは靄《もや》の中だけれど
今宵《こよい》の　ベッドからの願いは
きっと天に届いてほしい

花かごのネリネ

ミニチュアの百合　束ねたような
ピンクの花　ネリネ　ネリネ
お見舞いの　花かごから
心配そうに　のぞきこむ
　それは贈り主の　やさしい姿

ギリシャ神話の　水の妖精
その名も同じ　ネリネ　ネリネ

思い出す　物語に
なぐさめられる　長い午後
　いつか退屈さは　病室《へや》から去って

秋の光を　窓から招く
枕元の　ネリネ　ネリネ
秘めて来た　花言葉は
「また会う日を　楽しみに」
　それは贈り主の　やさしい心

※ネリネ（ヒガンバナ科）

竹やぶの中で

立ち並ぶ　緑の列柱《れっちゅう》
敷きつめた　落ち葉のじゅうたん
孟宗竹《もうそうだけ》の林には
むかしからの静けさが宿って

秘めやかに伸びた太い幹の
いずれかの節《ふし》から　今にも
きんみどりの光が射しそう

斧《おの》を入れれば
ひな人形ほどのかぐや姫が　座っていそう

想像をかきたてる竹よ
外気を通さぬ清潔な節々には
地下茎《ちかけい》からぐんぐん　養分が送られて
まるで　母親の胎内《たいない》のよう

かぐや姫の誕生は
竹からでなければならなかったに違いない

ウキクサ

沼を住みかに
ウキクサ
思い思いに広がって
親しげにくっついたり
風の告げ口に
ふうっと　離れたり
波のとりなしに
また　歩み寄ったり
その都度《つど》　形を変える

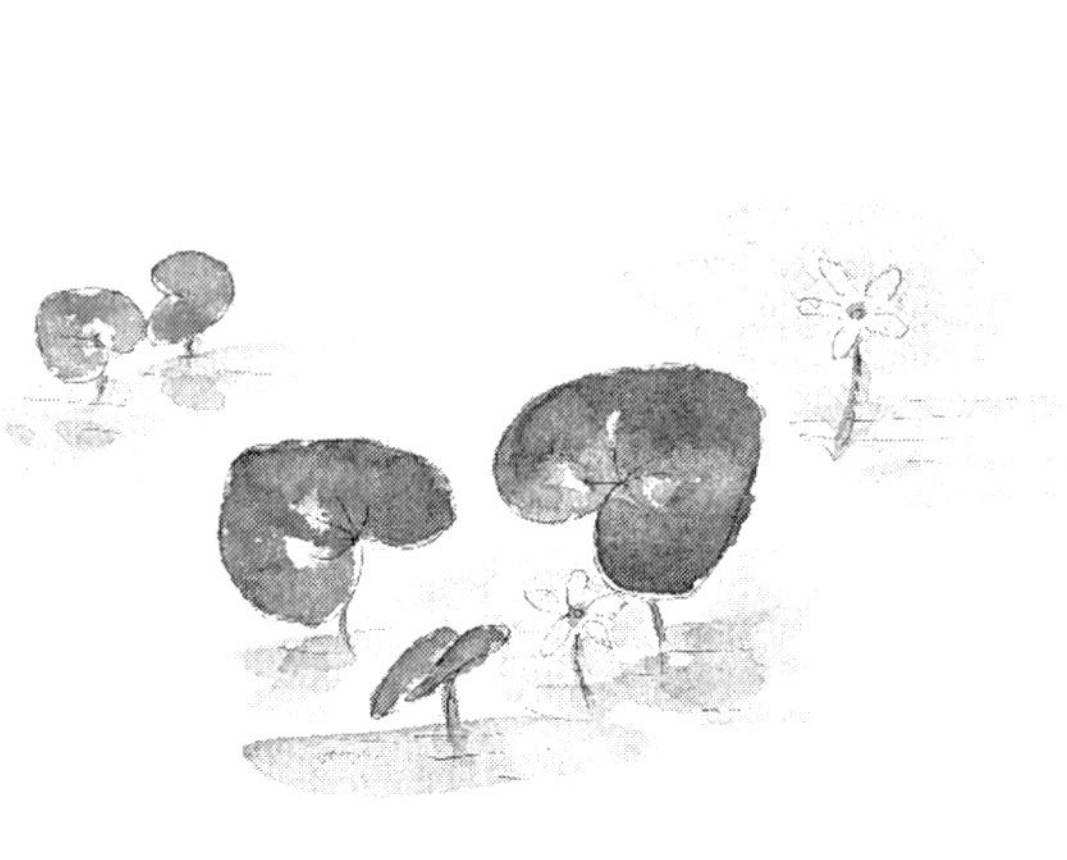

いとも自然な身の処《しょ》し方で
巧みに　彩る水面

たまに　小舟が割り込んでも
さりげなく振る舞って
妙に荒だったりはしない

ウキクサ
むつかしい世を　しなやかに
まこと　平和に生きてゆく

アカシアの花が咲けば

はちみつは
琥珀《こはく》色に透き通って
びんの中

ラベルいっぱいに咲く　アカシア――
初夏《はつなつ》のアカシアの林は
ほろほろと　ほろほろと白い花びら
小雪さながらに舞い

養蜂《ようほう》のミツバチたちが
憑《つ》かれたように働いていた

独り尋ね当てた　海沿いの
アカシアの防風林は
わたしの心にも
ほろほろと　花びらを降らせて……

土産《みやげ》のびんをあけると
あの花の香り
ミツバチの羽音《はおと》
旅情までが　溶けていて

スペシャル　ティー

ゴールデンダージリン！
紅茶の貴公子にふさわしいネーミング
茶さじで計るより速く
心は　一瞬のうちに
ヒマラヤ山脈南麓《なんろく》へと　とんでしまう

傾斜面に連なる　緑の茶畑
さ霧《ぎり》に包まれる　白い茶畑
清涼な空気の中　サリー姿で

茶摘《つ》みにいそしむ　インドの女性たち
その高級な製品は
彼女たちの口を潤すことがないと知れば
絵のような光景も　褪《あ》せるけれど
尖峰《せんぽう》の霊気を秘めたか
縮《ちぢ》れた茶色に僅《わず》かな緑を留《とど》める茶葉に
ゆらいだ感傷は　消えて

春摘みの葉　ダージリン
愛《め》でられる若々しい香りと　味
それに合う　ショートケーキも

今日は　ちゃんと用意した
さあ　到来の紅茶を入れよう
ぬかりなく
掟《おきて》のような手順に従って

花の歓迎

今さっき　到着のタラップを降りたとき
ＶＩＰたちが受けるような
華やかなレイサービスはなかったけれど

空港の小さな花屋に　ブーゲンビリア
遠くの丘の斜面にも
赤とオレンジの　ブーゲンビリア
幾重にもレイを掛けたように

車で町へと走り出せば
〝アロハ！〟とばかり
あちこちの民家の垣根に　ブーゲンビリア
行く先々の舗道《ほどう》の花壇に　ブーゲンビリア
ホテルの入口にも　ブーゲンビリア

南国の明るい花々が
一身に担っている　ホスト役
観光地ならではの
ブーゲンビリア　ブーゲンビリア
蒼《あお》い空に映《は》えて　海に映えて
そのほほえみが
実に　いい

笛を吹く人

駅前広場の一角
そこだけ　さわやかな風が吹いている

足元に民芸品を並べて
笙《しょう》のような笛を吹く南米の男性
たどたどしい演奏ながら
素朴な音色に
時折　投げ銭が飛ぶ

ふるさとの険しい山々の代わりに
高層のビル群に囲まれて
あのコンドルの代わりに
鳩たちに見守られて

けれども　ポンチョに覆《おお》われた胸の内は
懐かしい　熱いもので満ちているに違いない

日が暮れて
人の輪は欠けてゆくが……
いま　彼は笛と故国に戻っているのだろう
そこだけ　アンデスの風が吹いている

パピルス

ピラミッド　スフィンクス　王家の谷……
遥かな歴史と　幾層もの土ぼこりを
かいくぐってのエジプトみやげは
パピルス

紀元前に用いられた紙と　同じ紙
悠久《ゆうきゅう》の時が　そのまま
紙の繊維に絡《から》まっているようだ

原料の草が　カヤツリグサ科と聞けば
三角の茎が　青い匂いを放って蘇《よみがえ》る
わたしは畦道《あぜみち》で　茎を裂き
蚊《か》帳《や》をつって遊んだけれど

古代のエジプト人は
ナイル下流に茂った紙蚊帳釣《カミガヤツリ》の茎を潰《つぶ》し
紙を作ったという

当時は貴重な紙ゆえ
使用できたのは　公用のみか

あるいは　学者たちだろうか
一見　呪文みたいなアラビア文字で
法律を　幾何学を　天文学を
書き記《しる》したのか

観光みやげとなっても
パピルス
真面目な問いを　投げかける

※畦道《あぜみち》（田の間に通ずる道）
※蚊帳《かや》（蚊の入るのを防ぐためにつり下げて寝床をおおうもの）

II 風車小屋の丘で

雲と飛行機

窓を開ければ
ビル群のはるか彼方は　羽田沖上空

いつものコースに
今日は　灰色の雲が横たわる
上昇中の飛行機は
しかし　ためらいもせず
その中に突っ込んだ

雲はさぞ　おどろいたろう
上をかすめるか
下をくぐるか
と　思っていたに違いないから

体の中をかきまわされながら
それでも
雲は表情を変えない

無頼漢《ぶらいかん》の飛行機を
ヒュッと　果物の種のように
吐き出しただけ

黄砂飛来《こうさひらい》

強風に乗って飛んできた
黄砂
わが家のベランダまで　偏西風で
どのくらいかかったろう

地図を見れば
遠来の客の辿《たど》ったルートのはるけさ――
海の向こう
中国大陸の奥深く　出立地《しゅったつち》の

ゴビ砂漠、タクラマカン砂漠が
でんと横たわる

憧れのシルクロードとはいえ　遥か昔は死の道
　水の枯れた苛酷《かこく》な環境
ミイラと化した民族
都を　千古《せんこ》の夢の跡を
　飲み込んでしまった恐ろしい砂漠

今や　何食わぬ顔で
廃墟《はいきょ》の上を吹きぬけ
異国までやってきた　砂の
その図太さに　たじろぐ

※黄砂《こうさ》（中国大陸北西部で天空をおおう黄色の砂）
※千古《せんこ》（遠い昔）

砂丘

砂丘は
終わりのない物語
だれも　読み飽きない物語
ハマヒルガオが　時折
気ままに
しおりを　はさみ込む

だれかの麦わら帽子が
とばされたところで
挿絵《さしえ》をつとめる

どこまでも
点々とつづく連続線は
人々の　読み進んだしるし

風と波とが　絶えず
改訂と追補《ついほ》をもくろむから
だれにも　結末はわからない

歳

はまぐりの殻の　すじ
年輪とおなじ
自分の歳を　はっきり示して生きている

広漠《こうばく》とした海で
貝は　一年一年を
どのようにして知り
それを刻むのだろうか
潮の満ち干《ひ》？　水温の変化？

小さなはまぐりは
砂にもぐり　また　波に洗われて
しかし　沖に押し流されることなく
確実に成長していく

住み着いた海は
も早　掛け替えのないふるさと
つのる愛着が　一すじ一すじを
丁寧に描かせるのだろう

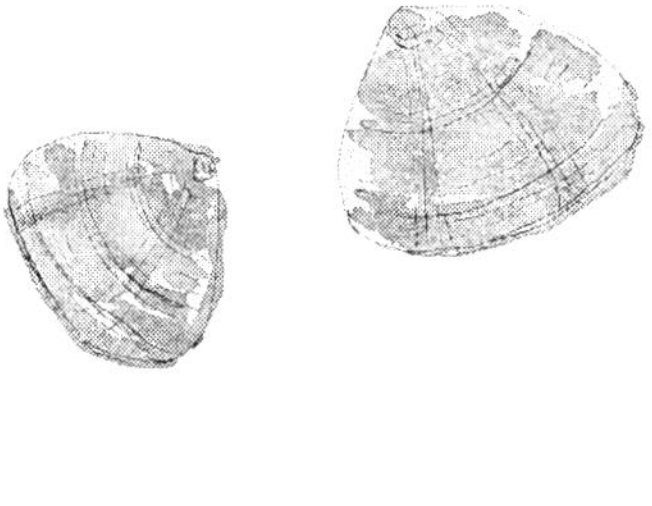

月よ

月よ
遥か地球の海を　あたかも
磁石のように　吸い寄せるね
あまたの魚たちは
何が何やら分からぬまま
引き潮に身を任すしかないだろう

昼間の空で
優しい　たおやかな顔をして
どこに　そんな怪力《かいりき》をひそめ持つの

遠浅ゆえに　酷《ひど》くむき出しになった干潟《ひがた》の
なんとも恥ずかしそうな表情を
見て　見ぬふりをして

月よ
あなたの裁量で　いつかわたしの命をも
前触れなく引き寄せるのだろうね

星

星の最期《さいご》は
大爆発である　と
その「超新星」から飛び散った破片は
やがて集まり　星になる　と

天文学的なストーリーは
子供のころ夢中だった
科学画報を思い出させるが
「超新星」が発見されるたびに
事実として証明されていく

曰《いわ》く、地球も　生き物も
星から生まれて　星に戻るのだ　と
その一瞬を　偶然
人間として生きているに過ぎない　と

人が死んで　星になったと思うのは
単なるロマンチシズムではなかったのだ

野辺の煙《けぶり》が　水蒸気となり　ガスとなり
終《つい》には凝集《ぎょうしゅう》して　星になる——
億年の時を超えて
〃宇宙の子〃の思いが　ふくらんでくる

鐘の音《ね》

風が変わったか　棚引く雲のせいか
めずらしく　カリヨンが聞こえる
川向うで
夕べの時刻を告げているのだが
ふと
耳の奥の　思い出の旋律《せんりつ》が呼応して

中世の町ブルージュの
敷き詰められた　うろこみたいな石畳に
ゆたかに巡《めぐ》らす運河の　アーチの橋に
出窓のゼラニュームに　レースのカーテンに
　降りかかる　ふくよかな鐘の音

鳴り止んでも
余韻《よいん》の中に
箱庭のような町の残像が　揺れている

ローレライの岩

流れを今もカーブさせ
川岸にそそり立つ　岩
うわさ好きの月日に
伝説を　語り継がせて

その昔　妖《あや》しいニンフにまどわされ
魔の渕《ふち》に消えた舟人たち
魂は　深みに沈んだままなのか

流れの色に　濃い翳《かげ》が……
川底の岩礁は除かれた　というけれど
難所には変わりなく
通過の瞬間　思わず
くっと　息を飲む

陽は遮《さえぎ》られ
風がとびつく
そのスリルの焦点で
梳《くしけず》る水の精を見た気がした

風車小屋の丘で

――南仏プロヴァンス――

「風車小屋だより」の発信場所は
封印されたように扉がしまっている

ここからの
ローカル色豊かな「たより」の発信は
もう　ずっと昔に終了
発信人に会えるはずもない

小屋の風車の　大きな翼《はね》も
彼が居に定めた以前に止まったのだし
なにもかも　遠い過去のこと——

だが　決して幻ではない
小屋をとりまく　松や柏の林には
今も変わらず　落ち葉が散らばって……

当の詩人が　あの「たより」を書いていた頃は
落ち葉の隙《すき》に
文殼《ふみがら》が　散ったことがあったろう

吹き上げる強いミストラルにも
風車が　目覚めることはない
もし　扉が開いても
発信が　再開されることはない

それでいい
過去は　眠っている方がよく似合う

※「風車小屋だより」（アルフォンス・ドーデ作）
※ミストラル（プロヴァンス地方、特にローヌ河の流域を吹きまくる北風）

Ⅲ 愛一輪

愛一輪

ある時　ふっと
芽生えて
育ち
やがて開いて

花の色も　形も
はじめ定かではないけれど
人想う胸の奥に

ひそひそと
ふくらみかける　一つの蕾《つぼみ》
愛は　花なのです

幸せの蜜が
ほのかに薫るように
咲いてほしい
わたしにも

愛　一輪

花占い

花占いは　恋占い
あの人の心を
早く早く知りたくて

マーガレットをむしる
挿絵《さしえ》で見た魔女のように
花びらをむしってゆく
好き？　嫌い？　好き？　嫌い？……

「好き」で終わって　と祈りながら
たわいない遊びと分かっていても
つい　花占いにすがりたくなる
当たる　と信じたくなる
わたしはやっぱり
あの人が好き

ひと目惚れ

一度のまばたきで
しっかりと
まぶたに
心に
焼き付いてしまったひと

〈あなたは　ひと目惚れが多い〉
どうやら占星術師《せんせいじゅつし》のご託宣《たくせん》が

当たったらしい
うれしいような
困ったような……
それより　肝心な星の結び付きは？

偶然の出会いが
いまや
運命を変えそうな気配

はがき

ひらり　ひらり
風に舞う木の葉のように
毎日舞い込む　はがき

通知　案内　季節の挨拶
礼状　ＰＲ　ｅｔｃ．
それぞれ　使命を背負って

その割には
吹けば飛ぶ軽さ　小ささだから
よくぞ　紛失せずに届いたもの　と
感心したり
はるばる海を越えてきたものに
いとしさを覚えたり

時に無防備の
、、、、
愛の言の葉　だったりすると
手にした瞬間　思わず
胸に伏せたり
背後を振り向いたり

雨の花火

花火　あがった
にっこり　咲いた
雨に逢うとは　つゆ知らず

花火　あがった
きら星　撒《ま》いた
月の代わりも　あげとくれ

花火　あがった
ハートを　描いた
ぬれる哀《かな》しさ　にじませて

花火あがった
二人で　見てた
話の花は　咲かないで

鍵

——さくら草——

むかし　地上に降ろされた神様が
一輪のさくら草で　ようやく
天国の扉を開けて帰ったという
もし　あの人の閉ざした心も
花の鍵で開けられるものならば——
庭の満開のさくら草に

今　この時こそすがりたい
たとえ合い鍵は　その中の
たった一つであろうとも

じっと見詰めていると
祈りが通じる気配がして
一輪が　合図のように揺らぎ
愚《おろ》かしい夢が
ふと　現実味を帯びる

味

辛《から》いばかりでは　つらい
甘いだけでは　あきる
さまざま　ほどほどが　いい
人生も
たまに混《ま》じる　ほろ苦さは
最良の　アクセント

五味が揃って　はじめて
満足がゆくのだろう

その上で　更に
ひと味違った味を得られれば……

石ころ

大昔
人間が　まだ文字を持たなかったころ
愛するひとに思いを伝えるのに
石を使ったという

大きさ　形　色などに
どんな決めごとがあったのだろう

お互いの心の機微や　揺れ……
それまでは表わせなくて
じれったかったかも知れない
切なさも感じたにちがいない

もしも大昔
わたしが生きていたとしたら
果たして
初恋の彼に
どのような石を渡したろう

月に想う

鏡のような
満月

顔が　鮮やかに映りそう
わたしには　あのひとの
あのひとには　わたしの

今は遠く離れているけれど

もしも　あのひとが
同じ時刻に
月を見つめてくれたなら

求め合う視線は
キスするように焦点を結び

月の鏡の中で
ふたり
きっと　会える

花弁雪《はなびらゆき》の夜に

夜を押しのけ　押しのけ
霏々《ひひ》として降る　雪よ

背景は　すでに消え
人影とて　失せ
お前の独り舞台が　ひたすらつづく

何かを訴えているのか

慕る思いを伝えているのか
このように　ほとばしるほど
心を語ることが
わたしに出来たなら　どんなにいいか

うらやましく佇《たたず》む窓辺
夜を徹して降る　雪よ　花弁雪よ
強く激しいお前に
鼓舞《こぶ》されつづけるばかり

自問

つるは　舞う
愛のために
ほたるは　光る
愛のために
さけは　遡《のぼ》る
愛のために

かまきりは　死ぬ
愛のために

万物の霊長とうぬぼれる
人間のわたし
果たして　何ができる？
至高《しこう》の愛のために

Ⅳ

ガラスの風鈴

カヤツリグサ

カヤツリグサは
田の畔《あぜ》に　いつも咲いていた
ひとり　小道から離れて
そこが好き…　というように

さみしげに咲く　カヤツリグサの
のびた茎を　しずかに裂き
祖母と　カヤを吊《つ》って遊んだ日は
もう　帰らない

ちらちらと　目を合わせたりした
野辺《のべ》の牛も
畔の山羊《やぎ》も
浮き雲のように　どこかへ去って

カヤツリグサの季節——
祖母と吊っていた　カヤの中に
今でも座っているのは
思い出
思い出だけ

形見の数珠《じゅず》

お堂で繰り返す
称名《しょうみょう》念仏に
小さく応える　百八個の菩提樹の実

それは　もしかして
彼岸から　一足飛びにここに来た父の
目に見えない　頷《うなず》き

――一七回忌《き》

だいぶ歳を重ねた家族、親類が
神妙に一堂に会しているのを
懐かしさの混じった
複雑な思いで　眺めているのだろう

生前　父に貰《もら》った　樹の実の数珠
あのとき何の感情もなく受け取ったけれど
法要のたびに　まさぐることになって

木魚《もくぎょ》の音を取り込みながら
数珠
掌《てのひら》の中で　父娘《おやこ》の温《ぬく》もりを呼び覚ます

※称名《しょうみょう》＝「南無阿弥陀仏」と唱えること
※木魚《もくぎょ》＝読経のときにたたいて鳴らす具

時　間

時間は
伸びたり
縮んだり
尺度なんて　当てにできない

約束の人を待つとき
急ぎの乗り物を待つとき
それは　伸びる

気にすればするほど
やたら　伸びる

仕事に追われているとき
楽しくて仕方ないとき
逆に　縮む
伸びてほしいときほど
ふしぎに　縮む

あまのじゃくを演じて
人を翻弄《ほんろう》する
時間——

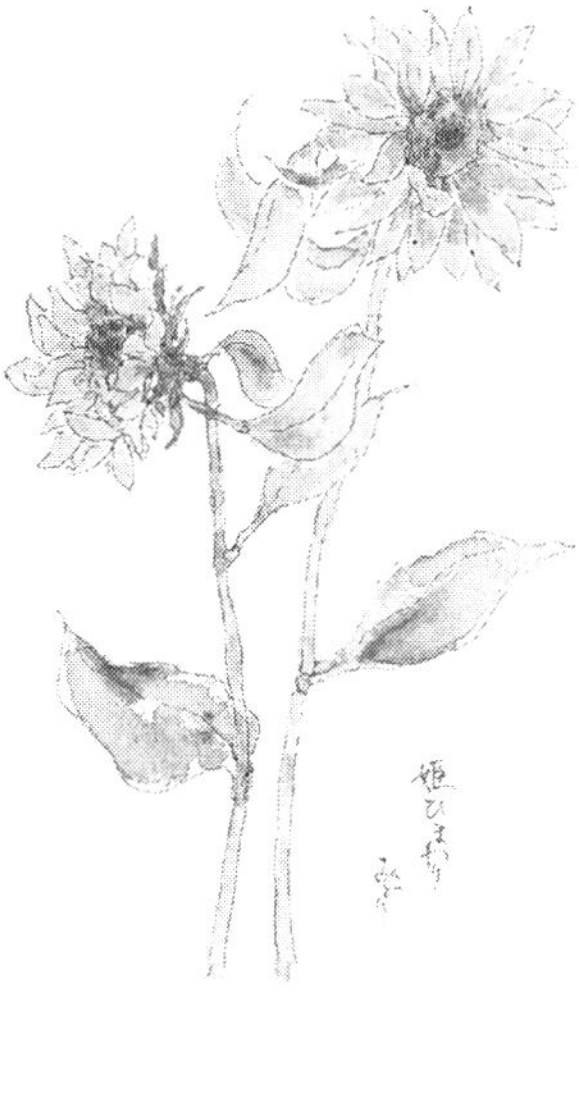

ボトルシップ

紺碧の海で
帆《ほ》を揚げたかったろうに
びんに閉じ込められては
夢を見るしかない

壁に貼られた
世界地図の海に
盛夏のポスターのきらめく海に

イメージをかきたてて
出帆《しゅっぱん》
その強い憧れで
波　潮　風を乗り切り
ボトルシップ
満帆《まんぱん》で走っているのだ
夢の海を

ガラス風鈴

コークスたぎる高温の炉《ろ》で
透き通るまで　浄化されたか
ガラスの風鈴

この世に生まれでた
産声《うぶごえ》が　ひかる

軒先をかすめる　車の騒音にも
路地をぬける　生活《くらし》のさざめきにも
みじんも濁《にご》らない

清冽《せいれつ》なひびきで
ひとの心を洗い
夏の香《か》を　吹き付けてくれる

涼しさ　ゆかしさ
思いっきり散らして
風鈴
ただ　無心

クラゲ

ミズクラゲ
イトクラゲ
フウセンクラゲ……
幻想《げんそう》が　形になったような
海を漂う　クラゲ

透明なのがいい
半透明でもいい

嘘がない
秘密がない
何もかくさないから
構えがない
見栄がない

この私も　くらげのように……
思うだけで　心　透きとおる

魚
――象形文字――

大昔
サカナの姿が
石に彫られた
字ではなく　素朴な絵
ひと目で　サカナと分かるから
重宝がられた

しかし
年月という包丁は
絵を　さばくらしい

やがて　目が消え　ヒレが取れ　尾が変形し
うろこが角ばり……
「魚」になった

七変化ののちも
ちゃんと　面影《おもかげ》をとどめてくれているのが
うれしい

はにわ

まっすぐに　見ている
落ち着いて　見ている
目　目
アーモンド　アイ
天と地ほども　激変した世に
突然　掘り起こされて
それでも
涼やかなまなざしは　変わらなかった

控えめに　ほほえむ
曇りなく　ほほえむ
口　口
アルカイック　スマイル
恐ろしく　遠く長い年代を
貴人の墓の回りに埋められて
それでも
優しいほほえみを　失わなかった

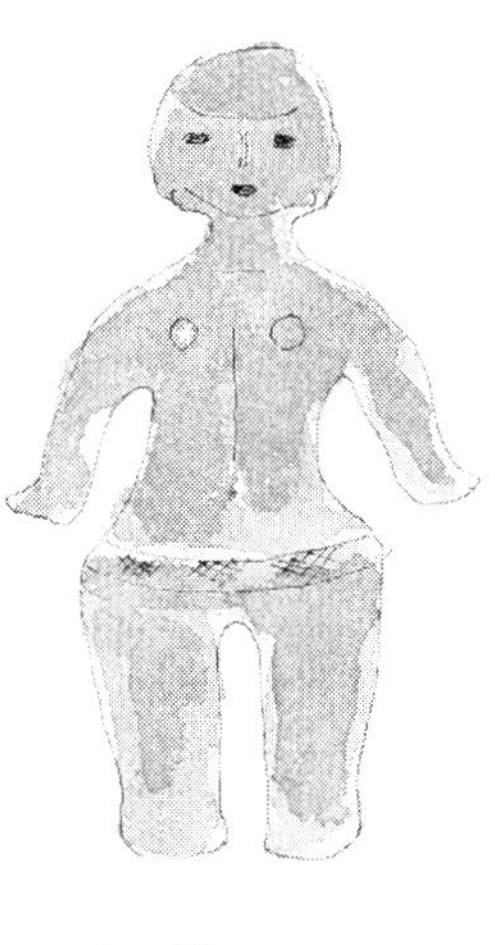

山形土偶
(千葉県江原台遺跡)

勾《まが》玉《たま》

古代に
装身具として用いられた勾玉
ともえ形の玉は
胎児を表わしているという

人生の中で　一番すばらしい時期
胎児
それを身につけることで
幸せを願ったのだ…と

今は
ペイズリーと呼称を変えて
ネクタイや　マフラーの絵柄に
返り咲いている　勾玉
ファッションの底に流れる思いは
同じなのだろう

以前　何も知らずに選んだ
彼へのネクタイも
ペイズリー模様だったが
見えない力が働いたのかも知れない

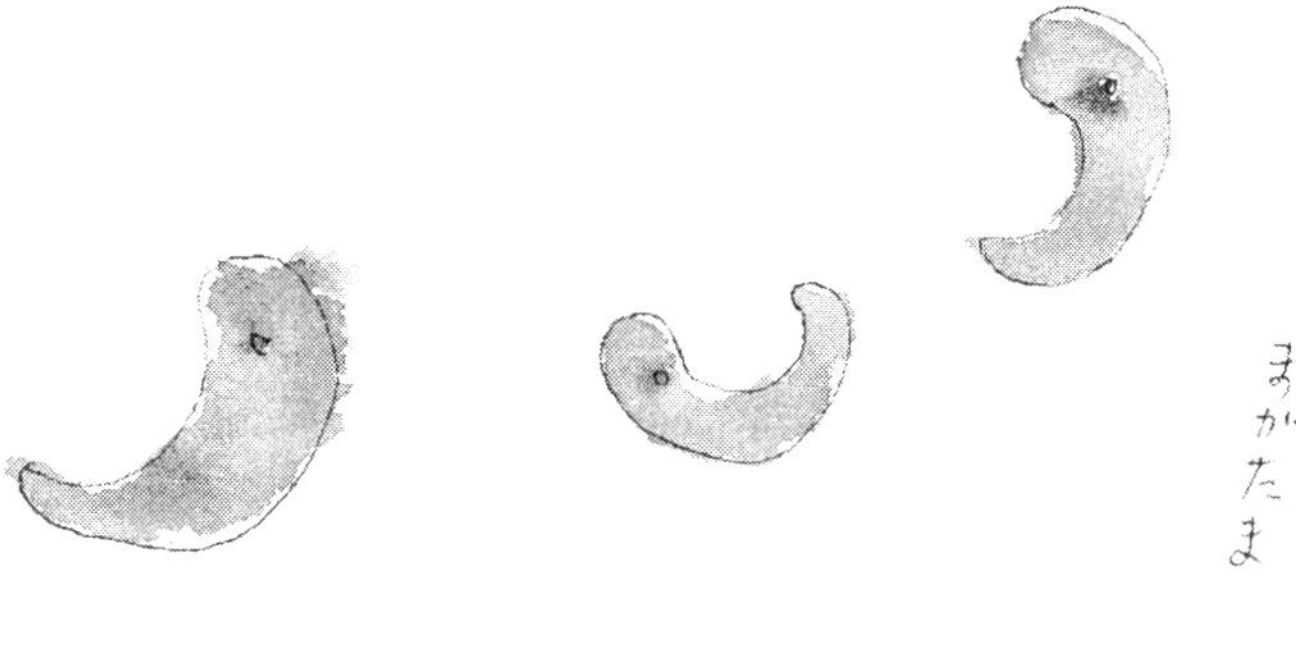

アンティーク　オルゴール

静かな夜は
身の上を語るのか
オルゴール
閉じていた心を
小刻みにほぐしてゆく

老いてなお　美しい声
澄んだ空気に
冬星のきらめきのようにひびく

暖炉に燃え去った月日は
決して戻らぬけれど
古き良き時代に生きた幸せが
とくとくと胸に　溢れるのだろう

運命《さだめ》のままに　巡りめぐって
やっと落ち着いたこの部屋
時代の溝も　風土の違いも
最早《もはや》　気にしない

電気ストーブの暖かさの中
主《あるじ》との　不思議な縁《えにし》を噛みしめながら
徐々に孤独を　振り払ってゆく

詩・宮田滋子（みやた　しげこ）
1932年茨城県生まれ。県立下館二高、慶応義塾大学文学部卒業。
1962年サトウハチロー主宰の木曜会に入会し、月刊「木曜手帖」に童謡と抒情詩を発表して現在に至る。
童謡詩集「星のさんぽ」（日本童謡賞サトウハチロー記念賞）、ジュニア・ポエム双書「星の家族」（日本童謡賞）、詩集「日本女流詩人叢書宮田滋子詩集」、「遠花火」などがある。日本童謡協会理事、日本児童文学者協会会員、日本歌曲振興会新・波の会会員。

絵・阿見みどり（あみ　みどり　本名　柴崎俊子）
1937年長野県飯田市生まれ。都立白鴎高校、東京女子大学卒業。
日本美術院特待の長谷川朝風画伯に師事。
大学での卒業論文「万葉集のなかの植物考」以来、万葉の花、身近な草花を日常生活の中で描きつづける。

NDC911
東京　銀の鈴社　2003
96頁 21cm（愛　一　輪）

ジュニアポエム　シリーズ　160
愛 一 輪
2003年7月15日初版発行
2004年11月20日初版2刷
本体1,200円＋税

著　者　宮田滋子©　阿見みどり・絵©
シリーズ企画　㈱教育出版センター
発行者　西野真由美　望月映子
編集発行　㈱銀の鈴社 TEL 03-5524-5606　FAX 03-5524-5607
〒104-0061　東京都中央区銀座1-5-13-4F
http://www.ginsuzu.com.

ISBN4−87786−160−2 C8092
E-mail book@ginsuzu.com
落丁・乱丁本はお取り替え致します

印　刷　電算印刷
製　本　渋谷文泉閣

…ジュニアポエムシリーズ…

No.	詩・絵	書名	受賞・選定
1	鈴木敏史・詩集 宮下琢郎・絵	星の美しい村	★☆
2	小池知子・詩集 武田淑子・絵	おにわいっぱいぼくのなまえ	★☆
3	鶴岡千代子・詩集 武田淑子・絵	白い虹	児文芸新人賞
4	楠木しげお・詩集 久保雅勇・絵	カワウソの帽子	
5	津坂治男・詩集 垣内美穂・絵	大きくなったら	★
6	後藤れい子・詩集 山本まつ子・絵	あくたれぼうずのかぞえうた	
7	北村蔦子・詩集 柿本幸造・絵	あかちんらくがき	
8	吉田瑞穂・詩集 吉田翠・絵	しおまねきと少年	⊠★
9	新川和江・詩集 葉祥明・絵	野のまつり	★☆
10	阪田寛夫・詩集 織茂恭子・絵	夕方のにおい	◆★☆○
11	高田敏子・詩集 若山憲・絵	枯れ葉と星	★☆
12	原田直友・詩集 吉田翠・絵	スイッチョの歌	★
13	小林純一・詩集 久保雅勇・絵	茂作じいさん	◉★☆●
14	谷川俊太郎・詩集 長新太・絵	地球へのピクニック	★
15	与田準一・詩集 深沢省三・深沢紅子・絵	ゆめみることば	★
16	岸田衿子・詩集 中谷千代子・絵	だれもいそがない村	
17	江間章子・詩集 榊原直美・絵	水と風	◇
18	原田直友・詩集 小野まり・絵	虹―村の風景―	★
19	福田正夫・詩集 福田達夫・絵	星の輝く海	★☆
20	草野心平・詩集 長野ヒデ子・絵	げんげと蛙	★☆○◇
21	宮田滋子・詩集 青木まさる・絵	手紙のおうち	☆○
22	久保田昭三・詩集 斎藤彬子・絵	のはらでさきたい	
23	鶴岡千代子・詩集 加倉井和夫・武田淑子・絵	白いクジャク	★●
24	尾上尚子・詩集 まど・みちお・絵	そらいろのビー玉	児文協新人賞 ★☆
25	水上紅・詩集 深沢紅子・絵	私のすばる	☆
26	野呂昶・詩集 福島一二三・絵	おとのかだん	★
27	こやま峰子・詩集 武田淑子・絵	さんかくじょうぎ	☆
28	青戸かいち・詩集 駒宮録郎・絵	ぞうの子だって	
29	まきたかし・詩集 福田達夫・絵	いつか君の花咲くとき	★☆♡
30	薩摩忠・詩集 駒宮録郎・絵	まっかな秋	★☆♡
31	新川和江・詩集 福島一二三・絵	ヤァ!ヤナギの木	★☆○♡
32	井上靖・詩集 駒宮録郎・絵	シリア沙漠の少年	★☆♡
33	古村徹三・詩集 古村徹三・絵	笑いの神さま	
34	江上波夫・詩集 青空風太郎・絵	ミスター人類	○☆
35	秋原秀夫・詩集 鈴木義治・絵	風の記憶	★
36	水村三千夫・詩集 武田淑子・絵	鳩を飛ばす	
37	久冨純江・詩集 渡辺安芸夫・絵	風車 クッキングポエム	
38	日野生三・詩集 吉野晃希男・絵	雲のスフィンクス	★
39	佐藤雅子・詩集 佐藤太清・広瀬きよみ・絵	五月の風	★
40	小黒恵子・詩集 武田淑子・絵	モンキーパズル	★
41	木村信子・詩集 山本典子・絵	でていった	
42	中野栄子・詩集 吉田翠・絵	風のうた	☆
43	宮田滋子・詩集 牧村慶子・絵	絵をかく夕日	★
44	大久保テイ子・詩集 渡辺安芸夫・絵	はたけの詩	★☆
45	秋原秀夫・詩集 赤星亮衛・絵	ちいさなともだち	♥

☆日本図書館協会選定
★全国学校図書館協議会選定
□少年詩賞　■茨城県すいせん図書
○厚生省中央児童福祉審議会すいせん図書
●日本童謡賞　♧岡山県選定図書
♡日本子どもの本研究会選定
♥秋田県選定図書
♣愛媛県教育会すいせん図書
◇岩手県選定図書
◆京都府選定図書
⊠芸術選奨文部大臣賞
◉赤い鳥文学賞　◆赤い靴賞

…ジュニアポエムシリーズ…

46 日友靖子詩集 藤城清治・絵 安西明美・絵 猫曜日だから ◆☆
47 秋葉てる代詩集 武田淑子・絵 ハープムーンの夜に ♡
48 こやま峰子詩集 山本省三・絵 はじめのいーっぽ ★♡
49 黒柳啓子詩集 金子滋・絵 砂かけ狐 ♡
50 三枝ますみ詩集 武田淑子・絵 ピカソの絵 ☆♡●
51 夢虹二詩集 武田淑子・絵 とんぼの中にぼくがいる ♡○♥
52 はたちよしこ詩集 まど・みちお・絵 レモンの車輪 □✤
53 大岡信詩集 葉祥明・絵 朝の頌歌 ★☆♡♥
54 吉田瑞穂詩集 吉田翠・絵 オホーツク海の月 ★☆♡
55 さとう恭子詩集 村上保・絵 銀のしぶき ★☆♡
56 星乃ミミナ詩集 葉祥明・絵 星空の旅人 ★☆♡
57 葉祥明詩集 葉祥明・絵 ありがとう そよ風 ★♡
58 青戸かいち詩集 初山滋・絵 双葉と風
59 小野ルミ詩集 和田誠・絵 ゆきふるるん ★☆●♡
60 なぐもはるき詩集 なぐもはるき・絵 たったひとりの読者 ★♡✤

61 小関秀夫詩集 小倉玲子・絵 風《かざ》栞《しおり》 ★♡♥
62 海沼松世詩集 守下さおり・絵 かげろうのなか ☆♡
63 山本龍生詩集 小倉玲子・絵 春行き一番列車 ♡
64 小泉周二詩集 深沢省三・絵 こもりうた ★☆♡
65 かわてせいぞう詩集 若山憲・絵 野原のなかで ♡★♥
66 えぐちまき詩集 赤星亮衛・絵 ぞうのかばん ♡◆♥
67 池田あきつ詩集 小倉玲子・絵 天気雨 ♡
68 藤井則行詩集 君島美知子・絵 友へ ♡♤
69 藤哲生詩集 武田淑子・絵 秋いっぱい ★♠
70 日友靖子詩集 深沢紅子・絵 花天使を見ましたか ★
71 吉田瑞穂詩集 吉田翠・絵 はるおのかきの木 ★
72 小島禄琅詩集 中村陽子・絵 海を越えた蝶 ☆★♥♡
73 にしおまさこ詩集 杉田幸子・絵 あひるの子 ★
74 山下竹二詩集 徳田徳志芸・絵 レモンの木 ★
75 高崎乃理子詩集 奥山英俊・絵 おかあさんの庭 ★♡

76 檜きみこ詩集 広瀬弦・絵 しっぽいっぽん ★●□☆♡
77 たかはしけいこ詩集 高田三郎・絵 おかあさんのにおい ♡♣□
78 星乃ミミナ詩集 深澤邦朗・絵 花かんむり ♥☆♡
79 佐藤照雄詩集 津波信久・絵 沖縄 風と少年 ☆♡★
80 相馬梅子詩集 やなせたかし・絵 真珠のように ♥★
81 小島禄琅詩集 深沢紅子・絵 地球がすきだ ★
82 鈴木美智子詩集 黒澤梧郎・絵 龍のとぶ村 ◇★♥
83 いがらしれいこ詩集 高田三郎・絵 小さなてのひら ☆
84 宮入黎子詩集 小倉玲子・絵 春のトランペット ☆★
85 下田喜久美詩集 方振寧・絵 ルビーの空気をすいました ☆
86 野呂昶詩集 方振寧・絵 銀の矢ふれふれ ★
87 ちよはらまちこ詩集 ちよはらまちこ・絵 パリパリサラダ ★
88 秋原秀夫詩集 徳田徳志芸・絵 地球のうた ☆★
89 中島あやこ詩集 井上緑・絵 もうひとつの部屋 ★
90 藤川こうのすけ詩集 葉祥明・絵 こころインデックス ☆

✼サトウハチロー賞
☼三木露風賞
♤福井県すいせん図書
✣毎日童謡賞
♠奈良県教育研究会すいせん図書
❖北海道選定図書
❀三越左千夫少年詩賞
◈静岡県すいせん図書

…ジュニアポエムシリーズ…

91 新井 和詩集・高田 三郎絵 おばあちゃんの手紙 ☆★
92 はなわたえこ詩集・えばとかつこ絵 みずたまりのへんじ ★●
93 柏木恵美子詩集・武田 淑子絵 花のなかの先生 ☆
94 中原千津子詩集・寺内 直美絵 鳩への手紙 ★
95 高瀬美代子詩集・小倉 玲子絵 仲なおり ★
96 杉本深由起詩集・若山 憲絵 トマトのきぶん ☆★ 児文芸新人賞
97 宍倉さとし詩集・守下さおり絵 海は青いとはかぎらない ♧
98 石井 英行詩集・有賀 忍絵 おじいちゃんの友だち ■
99 なかのひろ詩集・アサト・シェラ絵 とうさんのラブレター ☆★
100 小松 静江詩集・藤川 秀之絵 古自転車のバットマン
101 石原 一輝詩集・加藤 真夢絵 空になりたい ☆✧★
102 小泉 周二詩集・西 真里子絵 誕生日の朝 ☆■★
103 くすのきしげのり童謡・わたなべあきお絵 いちにのさんかんび ☆★
104 成本 和子詩集・小倉 玲子絵 生まれておいで ☆★✧♡♧
105 伊藤 政弘詩集・小倉 玲子絵 心のかたちをした化石 ★

106 川崎 洋子詩集・井戸 妙子絵 ハンカチの木 □★☆
107 柘植 愛子詩集・油野 誠一絵 はずかしがりやのコジュケイ ✧
108 新谷智恵子詩集・葉 祥明絵 風をください ☆●♡✢
109 金親 尚子詩集・牧 進絵 あたたかな大地 ☆
110 黒柳 啓子詩集・吉田 翠絵 父ちゃんの足音 ☆★♡□
111 富田 栄子詩集・油野 誠一絵 にんじん笛 ♡☆
112 原 国子詩集・高畠 純絵 ゆうべのうちに ☆
113 宇部 京子詩集・スズキコージ絵 よいお天気の日に ○□●☆◇★
114 武鹿 悦子詩集・牧野 鈴子絵 お花見 ☆□
115 山本なおこ詩集・梅田 俊作絵 さりさりと雪の降る日 ☆★
116 小林比呂古詩集・おおた慶文絵 ねこのみち ☆
117 後藤れい子詩集・渡辺あきお絵 どろんこアイスクリーム ☆
118 重清 良吉詩集・高田 三郎絵 草の上 ☆□◆★
119 宮中 雲子詩集・西 真里子絵 どんな音がするでしょか ✻★
120 前山 敬子詩集・若山 憲絵 のんびりくらげ ☆★

121 川端 律子詩集・若山 憲絵 地球の星の上で ♡
122 たかはしけいこ詩集・織茂 恭子絵 とうちゃん ♡★♣
123 宮田 滋子詩集・深澤 邦朗絵 星の家族 ☆●
124 国沢たまき詩集・唐沢 静絵 新しい空がある
125 池田あきつ詩集・小倉 玲子絵 かえるの国 ★
126 黒田 恵子詩集・倉島千賀子絵 ボクのすきなおばあちゃん ☆★♡
127 垣内 磯子詩集・宮崎 照代絵 よなかのしまうまバス ☆♡★
128 小泉 周二詩集・佐藤 平八絵 太陽へ ★●☆♡
129 中島 和子詩集・秋里 信子絵 青い地球としゃぼんだま ☆★
130 のろさかん詩集・福島一二三絵 天のたて琴 ☆
131 加藤 丈夫詩集・葉 祥明絵 ただ今受信中 ☆★
132 北原 悠子詩集・深沢 紅子絵 あなたがいるから ♡
133 池田もと子詩集・小倉 玲子絵 おんぷになって ♡
134 鈴木 初江詩集・吉田 翠絵 はねだしの百合 ★
135 垣内 磯子詩集・今井 俊絵 かなしいときには ★

ジュニアポエムシリーズ

番号	作者	タイトル
150	牛尾良子・詩 津田・絵	おかあさんの気持ち
149	楠木しげお・詩 わたなべせいぞう・絵	まみちゃんのネコ ★
148	島村木綿子・詩集 島村木綿子・絵	森のたまご ❀
147	坂本このみ・詩集 坂本このみ・絵	ぼくの居場所
146	鈴木英二・詩集 鈴木英二・絵	風の中へ
145	武井武雄・詩集 武井武雄・絵	ふしぎの部屋から
144	島崎奈緒・詩集 島崎奈緒・絵	こねこのゆめ
143	斎藤隆夫・詩集 斎藤隆夫・絵	うみがわらっている
142	やなせたかし・詩集 やなせたかし・絵	生きているってふしぎだな
141	南郷芳明・詩集 的場豊子・絵	花時計
140	黒田勲子・詩集 山中冬二・絵	いのちのみちを
139	藤田則行・詩集 阿見みどり・絵	春だから ★
138	高田三郎・詩集 柏木恵美子・絵	雨のシロホン ★
137	青戸かいち・詩集 永田萌・絵	小さなさようなら ●★
136	秋葉てる代・詩集 やなせたかし・絵	おかしのすきな魔法使い

番号	作者	タイトル
165	すぎもとれいこ・詩集 平井辰夫・絵	ちょっといいことあったとき
164	辻垣内磯子・詩集 辻垣内磯子・切り絵	緑色のライオン ★
163	関口コオ・詩集 関口コオ・絵	かぞえられへんせんぞさん ★
162	滝波万理子・詩集 滝波万理子・絵	みんな王様 ●
161	唐沢静・詩集 井上灯美子・絵	ことばのくさり ☆
160	宮田滋子・詩集 阿見みどり・絵	愛一輪 ★
159	渡辺陽子・詩集 牧野鈴子・絵	ねこの詩 ★
158	西真里子・詩集 若木良水・絵	光と風の中で
157	川奈静・詩集 直江みちる・絵	浜ひるがおはパラボラアンテナ ★
156	清野倭文子・詩集 水科舞・絵	ちいさな秘密
155	葉祥明・詩集 葉祥明・絵	木の声 水の声
154	すずきゆり加・詩集 葉祥明・絵	まっすぐ空へ ★
153	横松桃子・詩集 川越文子・絵	ぼくの一歩 ふしぎだね ★
152	高ţ‍木村八重子・絵 水村三千夫・詩集	月と子ねずみ
151	三越左千夫・詩集 阿見みどり・絵	せかいでいちばん大きなかがみ ★

番号	作者	タイトル
169	唐沢静・詩集 井上灯美子・絵	空のいりぐち
168	鶴岡千代子・詩集 武田淑子・絵	白い花火
167	川奈静・詩集	ひもの屋さんの空
166	岡田嘉代子・詩集 おくはらかず・絵	千年の音

ジュニアポエムシリーズは、子どもにもわかる言葉で真実の世界をうたう個人詩集のシリーズです。

本シリーズからは、毎回多くの作品が教科書等の掲載詩に選ばれており、1975年以来、全国の小・中学校の図書館や公共図書館等で、長く、広く、読み継がれています。

心を育むポエムの世界。

一人でも多くの子どもや大人に豊かなポエムの世界が届くよう、ジュニアポエムシリーズはこれからも小さな灯をともし続けて参ります。